# VISITATIONS

PAR

## JEAN GIRAUDOUX

GRASSET

# VISITATIONS

# VISITATIONS

## PAR

## JEAN GIRAUDOUX

## BERNARD GRASSET

M . CM . LII

# JUSTIFICATION DU TIRAGE

L'ÉDITION ORIGINALE DE CES TEXTES
A PARU DANS *IDES ET CALENDES*.
LE TIRAGE ÉTANT DE SIX EXEMPLAIRES
SUR CHINE, VINGT-CINQ EXEMPLAIRES SUR
INGRES GUARRO, MILLE CINQ CENTS EXEM-
PLAIRES SUR VERGÉ BLANC, POUR LE
COMMERCE ET QUATRE EXEMPLAIRES SUR
CHINE, SEPT EXEMPLAIRES SUR INGRES
GUARRO ET SOIXANTE EXEMPLAIRES SUR
VERGÉ BLANC HORS COMMERCE.

AVEC LA PRÉSENTE ÉDITION IL A ÉTÉ TIRÉ
DEUX CENT VINGT EXEMPLAIRES SUR ALFA
MOUSSE NUMÉROTÉS ALFA 1 A 200 ET
ALFA I A XX.

# PRÉAMBULE

Il ne me semble guère possible qu'un auditoire suisse en ce moment puisse compter, quand un Français prend la parole devant lui, le voir aborder directement son sujet. Quel que soit ce sujet, qu'il traite du classique, du contemporain, des arts, des sciences, à votre vue il comporte soudain une préface.

Ou plutôt, en cette première minute, l'agréable devoir du conférencier se change tout à coup en une impérieuse mission, du fait qu'à ses yeux, cette assemblée de visages bienveillants et souriants devient le visage tendu et grave de la Suisse elle-même tel que ces dernières années l'ont imprimé dans le cœur de la France entière. C'est à cet auditeur unique que toute première phrase française doit être offerte, dédiée. Non seulement à cause de la fidélité et des actes d'une amitié qui dans nos jours les plus ingrats n'a songé qu'à resserrer ses liens, d'une confiance dans la destinée française qui a été un de nos plus sûrs réconforts, d'une invention et d'une obstination dans la bienfaisance auxquelles tant de nos familles doivent une santé et un apaisement, mais aussi à cause de cette compréhension innée et de cet exercice naturel d'un lien dont nous voyons chaque jour qu'il est le plus précieux de nos trésors et le seul qui puisse donner sa vertu et son prix

au futur de la solidarité européenne.
Que son arche dans ce déluge se soit
posée sur les plus hauts monts d'Europe, ce n'est pour aucun de nous
une surprise, mais pour tous un
espoir, et ce n'est pas une redite que
de le redire après tant d'autres, pas
plus que ce n'est pas un hommage
vain d'exprimer à cette auditrice
géante qui n'est entrée dans cette
salle que quelques secondes, une gratitude que vos discrétions et vos modesties individuelles s'ingénieraient
à décliner. Une minute de parole,
c'est, pour l'orateur, le monde de
déférence et de recueillement qu'est
pour les autres la minute de silence.

Je n'en suis que plus à l'aise
maintenant pour reconnaître dans
les hôtes qui ont bien voulu venir
m'accueillir ici mes amis connus
et inconnus. C'est eux que je suis

venu voir, ou revoir. C'est eux auxquels j'ai fait signe par le titre
même de cette conférence, qui leur
promettait l'intimité. En d'autres
temps, passés ou futurs, peut-être
aurais-je évoqué ou évoquerai-je
devant eux en rigoureux spécialiste
les problèmes que posent à notre
culture et à notre conscience l'art
du théâtre et l'art du film. Mais je
remets à une autre occasion l'exposé
dogmatique des dangers dont le soin
excessif de la mise en scène menace
l'œuvre dramatique, du péril que
court le cinéma européen ou améri-
cain en se rapprochant chaque jour
du théâtre, et autres questions d'ailleurs passionnantes et insistantes.
Pour aujourd'hui, en cette semaine
de février qui est la première que je
passe hors de mon pays depuis
quinze mois tragiques, je viens aspi-

rer, avec quelques bouffées exal-
tantes de votre ciel, les traits d'un
air de camaraderie et d'intimité que
mes séjours chez vous m'avaient
rendu si nécessaire ; et si, pour la
première fois, je parle devant un
auditoire de mon théâtre et de moi-
même, ce n'est pas pour payer une
contribution d'égoïsme ou de sacrifice à l'actualité littéraire, mais pour
me donner à ce relâchement et à cette
confidence amicale dont je n'ai
jamais savouré plus le charme que
sur le bord d'un de vos lacs. Je ne
veux pas parler seulement de ces
intermèdes dont profitent tous les
âges : parties de boules le dimanche,
dans lesquelles, au prix de quel
entraînement, mon tir provoquait
dans le camp adverse, fût-il com-
mandé par Auberjonois ou par Che-
nevière, un effroi dont j'aimerais

*bien apprendre que le frisson n'en est pas encore révolu dans Lutry et dans Lausanne ; feux de joie le jour de la Saint-Jean au bord du lac, au bois fourni par les épaves, signes faits grâce à notre entremise par les puissances de l'eau aux esprits des montagnes ; études approfondies sur la tactique et la stratégie des cygnes et des oies du lac dans leurs trêves et leurs guerres ; je veux parler surtout de cet état de confiance et de confidence qui est la récréation de l'âge mûr et de l'amitié et qui amène chaque ami, qu'il fût peintre, écrivain ou médecin, à l'abandon de ses travaux réels pour la description de ses travaux imaginaires. Le peintre verrier nous décrivait les vitraux qu'il ne fera jamais, l'éditeur le livre qu'il n'arrivera pas à imprimer, le docteur*

*l'expérience et la cure qu'il ne lui
sera jamais donné de mener à bien,
il nous parla même un jour des
moyens d'obtenir, au titre civil évi-
demment, la résurrection. Nulle part
nous n'avons tiré parti avec plus
de bonheur de ces heures où le ser-
rurier se sent ébéniste, le miniatu-
riste peintre de fresque, le pêcheur
à la ligne général, et le journaliste
politique éleveur d'abeilles. Bannis
le souci et le débat sur nos œuvres
achevées et lâchées dans le monde,
nous nous plaisions à parler de celles
qui étaient à peine conçues, nous
errions heureusement, nous flânions
dans cet atelier des formes et des
matrices des héros littéraires, le tou-
chions au hasard ; et parfois l'un de
nous tirait de ses notes ou de sa
mémoire le fragment d'une nouvelle
ou d'un poème qu'il nous confiait*

17

dans cet état fragmentaire, justement parce qu'il n'était pas prévu
pour lui d'état définitif. C'est à une
telle récréation, si vous le voulez
bien, que je vous convie aujourd'hui.
Certains d'entre vous ont bien voulu
me demander de leur parler de mon
théâtre. Entendu. Mais ce ne sera
pas de pièces écrites et jouées, ce
sera de héros imaginaires... Je vous
ouvrirai mes tiroirs secrets. Je vous
présenterai des personnages qui ne
sont plus en quête d'auteur, et qui
ont bien voulu me choisir pour ce
rôle ingrat, mais qui ne se sont pas
eux-mêmes pleinement trouvés
encore, qu'aucune action dramatique n'a encore convoqués, dont vous
serez les premiers spectateurs : répé-
tition générale, suivie de mois, et
peut-être d'années de silence, et peut-
être de silence définitif. Ils sont

# VISITATIONS

comiques ou tragiques, courtois ou forcenés, mais ils n'ont encore trouvé pour s'exprimer qu'une scène, courte ou longue, par laquelle je les présenterai à vous, dans une épreuve dont votre bienveillance fera une amicale entrevue.

Février 1942.

# VISITATIONS

A tout seigneur, tout honneur. Parmi ces personnages qui rendent à l'auteur dramatique, je ne dirai pas ces visites, mais ces *visitations*, il en est un premier groupe qui ressemble singulièrement à ses acteurs favoris ou familiers. L'acteur n'est pas seulement un interprète, il est un inspirateur ; il est le mannequin vivant par lequel bien des auteurs personnifient tout naturellement une vision encore vague ; et le grand acteur : un grand inspirateur. En ce qui me concerne, j'ai été parfois

23

singulièrement aidé dans ma mission créatrice du fait que certains héros à la voix encore vagissante, à la forme encore molle et indistincte, même pour moi, sautaient directement de leurs limbes dans les corps délimités, délurés et gonflés de vie de mes acteurs. C'est ainsi que mon Alcmène dans Amphitryon, c'est ainsi que ma Judith m'ont épargné toute hésitation en se glissant, du jour de leur naissance, dans des actrices qui leur ont donné immédiatement teint, apparence et voix, la première dans Valentine Tessier, la seconde dans Elizabeth Bergner. Rien ne vous aide comme de savoir la couleur des cheveux et la taille de celui dont vous écrivez le drame. Vous ne serez donc pas surpris si je vous dis que c'est très fréquemment qu'un de ces fantômes, encore suant d'inexistence et de mutisme, prétend prendre immédiatement la forme désinvolte et volubile de Louis Jouvet. Mon intimité avec lui est si grande, notre attelage dramatique si bien noué, que l'apparition larvaire en une minute a pris déjà sa bouche, son œil narquois, et sa prononciation. A tel point que cet ami merveilleux et ce comédien génial se dédouble pour moi, même en sa présence, et devient lui-même en moi un personnage qui m'accable de réflexions et de divagations, pour lequel je n'ai trouvé ni cherché d'ailleurs d'autre nom, quand je note ces commentaires, que le nom même de Jouvet. En attendant que, dans la nomenclature théâtrale, on appelle les Jouvet ceux auxquels

il léguera son emploi, je me vois
souvent contraint dans mon esprit,
d'appeler Jouvet ce personnage
railleur, inspiré, dont la générosité
s'exprime par la malice ou la har-
gne, la largeur de vues par des tics,
la conviction par le doute, la passion universelle par des réticences,
et l'éloquence par le bégaiement,
en somme qui est Jouvet. Si vous
le voulez bien, c'est ce personnage
qui précédera et introduira les
autres sur notre scène imaginaire.
C'est une vieille habitude qu'il a
prise avec moi et nous lui devons
bien cela.

LA scène représente le salon d'attente de l'Office des Inventeurs. Jouvet, qui attend sur une banquette, voit entrer une jeune femme qu'il connaît de vue, qui s'appelle Agnès, et qui ressemble singulièrement à Madeleine Ozeray.

### JOUVET

Tiens, c'est Mademoiselle Agnès. Que faites-vous ici, Mademoiselle Agnès ? Qu'avez-vous inventé ?

### AGNÈS

Je n'ai rien inventé, Monsieur

Jouvet. Je cherche une place. Voilà tout. Mais le Directeur ne reçoit que le lundi.

### JOUVET

Vous êtes dactylographe ? Sténographe ?

### AGNÈS

Pas que je sache.

### JOUVET

Polyglotte, rédactrice, classeuse ? Arrêtez-moi à votre spécialité.

### AGNÈS

Vous pourriez énumérer le dictionnaire des emplois. Jamais je n'aurais à vous interrompre.

### JOUVET

Alors coquette, dévouée, gourmande, douce, aimante, naïve ?

# VISITATIONS

**AGNÈS**

C'est plutôt mon rayon.

**JOUVET**

Tant mieux. C'est la promesse d'une heureuse carrière.

**AGNÈS**

Non. J'ai peur des hommes.

**JOUVET**

De quels hommes ?

**AGNÈS**

A les voir, je défaille.

**JOUVET**

Peur de l'huissier ?

**AGNÈS**

De tous. Des huissiers, des présidents, des militaires. Là où il y a un homme, je suis comme une voleuse dans un grand magasin, qui sent sur son cou le souffle de l'inspecteur.

### JOUVET

Voleuse de quoi ?

### AGNÈS

J'ai envie de me débarrasser à toute force de l'objet volé et de le lui lancer en criant : laissez-moi fuir !

### JOUVET

Quel objet ?

### AGNÈS

C'est ce que je me demande. Dites-le-moi.

### JOUVET

Leur costume sans doute vous

impressionne ? Leurs chausses et leurs grègues ?

### AGNÈS

Je me suis trouvée avec des nageurs. Leurs grègues étaient à terre. L'objet me pesait tout autant.

### JOUVET

Peut-être ils vous déplaisent, tout simplement.

### AGNÈS

Je ne crois pas. Leurs yeux de chien me plaisent, leur voix timbrée, leurs grands pieds. Leur pomme d'Adam m'attendrit. Mais dès qu'ils me regardent ou me parlent, je défaille.

### JOUVET

Cela vous intéresserait de ne plus défaillir ?

# VISITATIONS

### AGNÈS

Vous dites ?

### JOUVET

Cela vous intéresserait de les mener à votre guise, de tout obtenir d'eux, de rendre esclaves les présidents, de mettre le directeur d'ici à vos pieds mêmes ?

### AGNÈS

Il y a des recettes ?

### JOUVET

Une seule, infaillible !

### AGNÈS

Pourquoi me la diriez-vous ? Vous êtes un homme...

### JOUVET

Ignorez la recette, et vous aurez

une vie sordide. Recourez à elle, et vous serez reine du monde.

**AGNÈS**

Reine du monde ! Ah ! que faut-il leur dire ?...

**JOUVET**

Aucun d'eux n'écoute ?

**AGNÈS**

Personne...

**JOUVET**

Dites-leur qu'ils sont beaux !

**AGNÈS**

Leur dire qu'ils sont beaux, intelligents, sensibles ?

**JOUVET**

Non ! Qu'ils sont beaux. Pour l'intelligence et le cœur, ils savent s'en tirer eux-mêmes. Qu'ils sont beaux...

### AGNÈS

A tous ? A ceux qui ont du talent, du génie ? Dire à un académicien qu'il est beau, jamais je n'oserai...

### JOUVET

Essayez voir ! A tous ! Aux modestes, aux vieillards, aux emphysémateux. Dites-le au professeur de philosophie, et vous aurez votre diplôme. Au boucher, et il lui restera du filet dans sa resserre. Au directeur d'ici et vous aurez la place.

### AGNÈS

Cela suppose tant d'intimité, avant de se trouver à même de le dire.

# VISITATIONS

### JOUVET

Dites-le d'emblée. Qu'à défaut de votre voix, votre premier regard le dise, dès la seconde où il va vous questionner sur Spinoza ou vous refiler de la vache.

### AGNÈS

Il faut attendre qu'ils soient seuls !

### JOUVET

Dites-leur qu'ils sont beaux en plein tramway, en pleine salle d'examens, dans la boucherie comble. Au contraire. Les témoins seront vos garants !

### AGNÈS

Et s'ils ne sont pas beaux, qu'est-ce que je leur dis ? C'est le plus fréquent, hélas !

# VISITATIONS

### JOUVET

Seriez-vous bornée, Agnès ? Dites qu'ils sont beaux aux laids, aux bancals, aux pustuleux...

### AGNÈS

Ils ne le croiront pas !

### JOUVET

Tous le croiront. Tous le croient d'avance. Chaque homme, même le plus laid, nourrit en soi une amorce et un secret par lequel il se relie directement à la beauté même. Il entendra simplement prononcer tout haut le mot que sa complaisance lui répète tout bas. Ceux qui ne le croient pas, s'il s'en trouve, sont même les plus flattés. Ils croient qu'ils sont laids, mais qu'il est une femme qui peut les voir beaux. Ils s'accrochent à elle.

# VISITATIONS

Elle est pour eux le lorgnon enchanté et régulateur d'un univers à yeux déformants. Ils ne la quittent plus. Quand vous voyez une femme escortée en tous lieux d'un état-major de servants, ce n'est pas tant qu'ils la trouvent belle, c'est qu'elle leur a dit qu'ils sont beaux !

### AGNÈS

Ah, il est déjà des femmes qui savent la recette ?

### JOUVET

Elles la savent mal. Elles biaisent. Elles disent au chauve qu'il est généreux, au couperosé qu'il est tendre. C'est sans profit. J'ai vu une femme perdre millions, perles et rivières, parce qu'elle avait dit à un obèse qu'il était maigre. Il fallait lui dire, il faut leur dire qu'ils sont beaux... Allez-y. Le directeur n'a pas de jour pour s'entendre dire qu'il est beau...

### AGNÈS

Non. Non. Je reviendrai. Laissez-moi d'abord m'entraîner. J'ai un cousin qui n'est pas mal. Je vais m'exercer avec lui.

### JOUVET

Vous allez vous exercer tout de suite. Et sur l'huissier !

### AGNÈS

Ciel ! Vous l'avez vu !

### JOUVET

Le monstre est parfait pour l'entraînement. Puis sur le secrétaire général. Excellent aussi. Je le con-

nais. Il est affreux. Puis sur le
directeur...

### AGNÈS

Commencer par l'huissier, jamais !

### JOUVET

Très bien, commencez par ce
buste !...

### AGNÈS

C'est le buste de qui ?

### JOUVET

Peu importe. C'est un buste
d'homme. Il est tout oreilles.

### AGNÈS

Sa barbe m'impressionne.

### JOUVET

D'ailleurs, parlez à n'importe

qui, à n'importe quoi ! Les choses aussi ne résistent pas quand on leur dit qu'elles sont belles. A cette chaise, à cette pendule !

### AGNÈS

Elles sont du féminin.

### JOUVET

Au téléphone. Dépêchez-vous, l'huissier arrive.

### AGNÈS

Comme tu es beau, mon petit téléphone...

### JOUVET

Pas les mains...

### AGNÈS

Cela m'aide tellement !

### JOUVET

Jamais les mains. Au lustre.
Vous ne le toucherez pas.

### AGNÈS

Il est affreux.

### JOUVET

Allez.

### AGNÈS

Comme tu es beau, mon petit,
mon grand lustre. Plus beau quand
tu es allumé ? Ne dis pas cela...
Les autres lustres, oui. Les lam-
padaires, les becs de gaz, toi pas.
Regarde, le soleil joue sur toi. Tu
es le lustre à soleil. La lampe
pigeon a besoin d'être allumée, ou
l'étoile. Toi pas. Voilà ce que je
voulais dire. Tu es beau comme
une constellation, comme une cons-

tellation le serait, si, au lieu d'être un faux lustre, pendu dans l'éternité, avec ses feux mal distants, elle était ce monument de merveilleux laiton, de splendide carton huilé, de bobèches en faux Baccarat des Vosges et des montagnes disposées à espace égal qui sont ton visage et ton corps.

*Le lustre s'allume de lui-même.*

**JOUVET**
Bravo ! Voilà l'huissier. Allez-y.

Tᴇʟ est l'immense service que peut rendre le grand comédien à l'auteur, le dispenser de cet entracte où son personnage tout nu erre fâcheusement à la recherche de son vêtement, de son accent, et de sa peau. C'est le même service que rendent les couples d'acteurs aux couples de héros. Il est, dans le lyrisme, le comique ou le pathétique, certaines modulations et certaines complications de l'âme humaine qui ne peuvent s'exprimer que par le duo. Qu'il s'agisse de Judith et d'Holopherne, de Roméo et de Juliette, d'Inès de Castro et de don Pedro, nous imaginons mal leur débat sous une autre forme que celle d'une égalité implacable, que celle de frère et de sœur siamois, et l'auteur qui aurait la chance de trouver à l'aube de sa création deux acteurs siamois aussi qui incarneraient les deux rôles en verrait sa tâche singulièrement simplifiée. C'est, par bonheur, ce qui arrive quelquefois. Et il les trouve généralement dans la même maison, dans la même salle à manger, sur la même scène, dans le même lit. Le couple célèbre d'acteurs existe, et à de nombreux exemplaires, et parfois à haute tension, et il n'est pas seulement destiné par la Providence à être une publicité et une attraction du théâtre : sa raison profonde est de pousser l'auteur dramatique vers le conflit le plus passionnant et le plus sérieux de la vie et de la scène, celui que pose sur cette terre la coexistence, inéluctable et d'ailleurs peu recommandable, de ces frères ennemis que sont l'homme et la femme. Vous connaissez peut-être de nom le couple le plus fameux d'acteurs que compte l'Amérique, le couple que forment l'Américain-Suédois Alfred Lunt et sa femme anglo-française Lynn Fontaine. C'est devant le spectacle délicieux ou épouvantable que donne l'entente, la connivence de Lunt et de Fontaine, devant le duo faussement parfait de leurs gestes et de leurs voix, c'est devant cet attelage conjugal extraordinaire, que l'inspiration des auteurs américains s'est depuis dix ans spécia-

lisée dans les pièces à héros jume-
lés. La dernière fut un *Antoine et
Cléopâtre* ; ils préparaient un *Adam
et Ève*. Et moi-même, quand Lunt
et Fontaine me demandèrent, un
jour, dans leur petit château scan-
dinave du Wisconsin, d'écrire pour
eux une pièce, je la vis aussitôt et
je leur en dis aussitôt le titre, qui
était *Samson et Dalila*. Le soir
même d'ailleurs, la pièce était finie.
La voici : ne vous effrayez pas. Je
n'ai pas voulu entrer en concur-
rence avec la légende sainte pour
les expliquer. Elle ne se composait
que de deux phrases : le rideau se
levait sur le boudoir de Dalila qui
questionnait sa nourrice au sujet
de ce magnifique et glorieux Samson que son orgueil voulait déjà
accaparer : « Comment est-il ?
Quel type ? » demandait-elle. Et

la nourrice répondait : « Le type que tu détestes... » Longtemps je m'en suis tenu à ce texte, un peu court, mais qui me paraissait contenir et épuiser tous les développements et toutes les explications des bonheurs et des démêlés du couple. Mais récemment, dans une heure où cette exégèse de la Bible me paraissait, en dépit de sa perfection, un peu succincte, c'est Lynn Fontaine qui est venue, dans sa sûreté, sa pertinence, son équivoque et à l'ombre de son mari naïf et athlétique, me dicter la scène suivante.

L A *scène représente une terrasse qui s'incline vers la mer par une prairie où un âne vivant tond l'herbe fraîche. De la porte de la villa, Dalila sort au bras de la maîtresse de maison, dont elle connaît la mésentente conjugale, et lui décrit sa réussite.*

### DALILA

Moi, j'ai choisi le plus fort. J'ai choisi Samson.

### LIA

Son nom ne va pas mal avec le vôtre.

### DALILA

Un homme, c'est d'abord la force. Je suis née peureuse, comme toutes les femmes. La moindre bestiole me plonge en transes. Mais, contre la souris et le moustique, je ne me sens rassurée que par la présence d'un mari qui étrangle la panthère entre deux doigts. Et toutes les femmes sont comme moi. Elles ne sont rassurées contre le ruisseau que si leur mari peut barrer des fleuves, contre la feuille du tremble, que s'il peut d'une chiquenaude déraciner un chêne. Samson fait tout cela avec facilité. C'est dans cette marge de sécurité qu'est notre bonheur, car nous savons les racines géantes de nos petites frayeurs. Je n'ai plus peur des vagissements d'enfants, car Samson déjà a tué dans les deux

mille adultes. Votre mari n'a tué
encore personne, me dit-on ?

### LIA

Encore personne. Il tue directement les mouches et les rats.

### DALILA

On le dit intelligent. Il sait tracer
des signes ? Il sait les lire ?

### LIA

Oui, et il en invente...

### DALILA

Moi, j'ai choisi le plus bête, je
veux dire le plus simple. Un mari
intelligent est le juge qui vous
confronte avec toutes les autres
femmes, et surtout avec toutes les
femmes que vous avez été. C'est
l'espion du souvenir, la sentinelle

du futur. Sous ses yeux chaque femme se sent en faute, en faute de vivre. Sous les yeux de Samson, je me sens de platine. Que faisait votre mari ?

### LIA

Il avait des loisirs. Il s'occupait de moi.

### DALILA

Moi, j'ai choisi le plus occupé ; celui qui me laisse le plus de temps pour rester seule avec mon corps et le garder sous mon contrôle. Un mari qui vous promène vous distrait de vous-même. C'est le besoin premier de la femme, vivre le plus souvent possible avec ses bras nus, son ventre nu, ses jambes comme avec celles d'une tierce personne. Si la femme reste une heure sans

se voir, elle se perd de vue. Si elle
cesse de se toucher, de se masser,
elle perd avec elle ce langage d'aveu-
gle qui est son vrai langage intérieur, et va à l'aventure. Samson
est appelé là où l'on venge, là où
l'on massacre, là où le temple
s'écroule, où le lion pullule. Il a
fort à faire, et aucun de ses travaux ne relève du travail de bureau, ne l'enferme dans sa maison.
Mais pendant chaque heure de son
absence, Dalila y attise Dalila, au
soleil, à la lune, à la pierre ponce,
à l'émeri. Je ne me suis jamais
éloignée d'un centimètre de moi-
même. Votre mari avait assez aimé
les femmes, raconte-t-on ?

**LIA**

Les femmes le racontent. Mais
vous les connaissez !

# VISITATIONS

## DALILA

Moi, j'ai choisi celui qui n'a jamais connu d'autres femmes. J'étais très bien avec sa mère. Elle me l'a passé. Elle me l'a passé avec ses souvenirs au complet, premiers pugilats et premières culottes, avec la liste de ses plats, de ses goûts ; je n'ai qu'à l'entretenir dans cette enfance qui ne finira qu'à sa mort, et dans des étoffes qui continuent la trame de ses langes. Une femme nouvelle dans une vie d'homme, c'est une saveur neuve donnée à la viande, au lait, à la pâte ; c'est un nouvel habit, une nouvelle peau, un sursaut donné à l'un de ses sens, les quatre autres suivent bientôt. Avec moi rien à craindre. Nous avons encore le beurre de son enfance, et je crois même la même vache.

Comment serait-il infidèle ? D'ailleurs, je prends soin de lui parler toujours de ses ennemis personnels au féminin. Je ne dis pas les Amalécites, mais l'impiété ! Ni les Philistins, mais la trahison. Ni le jaguar, mais la férocité. Toute femme est devenue ainsi pour lui le symbole et le sexe de quelque iniquité. A part la sienne, qui est, le masculin naturellement pour ces mots-là, le charme, l'éclat et le prestige universels... Vous connaissez un mot masculin pour candeur ? A part Dalila...

LIA

Comment est-il ? Quel type ?

DALILA

Le type que je déteste... Mais pour moi ce n'est pas un défaut.

# VISITATIONS

Au contraire. Cela me dispense de ces faiblesses et de ces attendrissements que provoque la vie avec des jambes amies ou des cheveux sympathiques. Samson est comme tous les hommes forts, il a surtout besoin d'un maître. Tant d'innocences et de muscles l'appellent. Avant moi, il obéissait aux visions, aux prodiges, aux lettres de feu sur les murs. Des ordres trop rares, un par trimestre, alors que Samson est créé pour obéir à chaque seconde. Dans les intervalles, je suis là, signe constant, ordre constant.

**LIA**

Quand Dieu se tait, Dalila parle...

**DALILA**

Et d'ailleurs quand Dieu parle,

Dalila explique. C'est pour avoir négligé leur rôle d'entremise entre l'homme et le reste du monde, que les autres femmes n'arrivent pas à prendre le meilleur sur leurs maris. Si l'épouse ne traduit pas à l'époux les ordres de la nature, de l'inspiration ou du ciel, il les prend en dehors d'elle, c'est-à-dire qu'il l'en met dehors. Voilà mes conseils, Lia. Vous voyez qu'ils sont simples...

### LIA

Vous n'en voyez vraiment pas d'autres ?

### DALILA

Pas d'autres. Sinon que j'ai choisi le plus riche, le plus célèbre, le moins bavard, et celui qui dort le mieux. Mon seul ennui est qu'il parle la nuit, en paroles que je ne comprends pas. Que ne comprend d'ailleurs aucune autre personne.

### LIA

Car d'autres personnes près de vous l'ont regardé dormir ?

### DALILA

Tel est le couple du bonheur, Lia. Et j'ajoute qu'il n'est pas mauvais pour la femme de choisir aussi le meilleur, le plus généreux, et le plus juste. C'est encore dans ces temps difficiles, la meilleure assurance contre la colère et la foudre de Dieu. Dès que la vengeance du ciel menace, je prends Samson comme paratonnerre à bras-le-corps et je suis sauve.

JE m'en tiens à ces deux exemples. Par eux vous voyez que l'écrivain dramatique accepte facilement de se laisser inspirer par un de ses acteurs, mais ce n'est d'ailleurs pas dans un esprit de facilité. C'est qu'il reprend ainsi inconsciemment son ancien métier, sa mission originelle, qui était d'être le fournisseur attitré d'une troupe théâtrale, ce poète que les gravures du moyen âge et les tableaux de la comédie italienne nous montrent à la droite du groupe des acteurs, dans un vêtement de couleur infiniment plus terne (je regrette qu'on n'ait pas trouvé encore le costume de l'auteur), et un manuscrit roulé à la main. De même que la destinée des acteurs n'est pas d'être installés à vie dans une ville et de jouer trois cents fois la même pièce, mais d'errer de théâtre en théâtre avec un répertoire changeant, celle de l'écrivain dramatique serait de suivre cette troupe en tous lieux et de lui donner une pièce nouvelle, non pas chaque année, mais à chaque occasion personnelle ou officielle, pour la fête du pays, celle de la *jeune* dame, en guise de Te Deum, en guise de Requiem, comme ces poètes italiens qui escortaient les *Gelosi* en Italie et en France, dont les œuvres sont innombrables, comme ces Espagnols qui adaptaient ou recréaient

toutes les fois où le réclamait non
seulement la troupe des comédiens,
mais la troupe des saints, dans les
églises desquels on jouait, comme
Calderon, qui arriva ainsi à écrire
près de quatre cents pièces, ou
Tirso de Molina, qui atteignit six
cents. Certains critiques repro-
chent cruellement leur fécondité
à quelques-uns de nos confrères,
parce qu'ils donnent deux pièces
par saison pour répondre aux com-
mandes de leurs acteurs. Ce sont
les critiques qui ont tort, car le
théâtre demande des acteurs une
nouveauté continuelle, et l'auteur
n'est là que pour cette improvisation du texte qu'ils ne sont plus,
généralement, en mesure de faire
eux-mêmes. La vie théâtrale
n'existe que par la diversité. Le
monde de l'inspiration doit être,

lui aussi, comme le monde réel, chaque jour renaissant.

Entre Henri Becque et Lope de Vega, celui qui a raison n'est pas Henri Becque, qui écrivit deux ou trois pièces, mais Lope de Vega, qui en écrivit trois mille, qui trouvait encore à quatre-vingts ans, revêtu de son cilice, dans la matinée, le moyen d'écrire deux actes, d'arroser son jardin, et, avec le temps qui lui restait, de composer une cantate pour l'acteur qui avait une voix. Car l'essentiel du théâtre reste l'improvisation, la mise à jour continuelle des sentiments et des passions pour une compagnie d'acteurs *passagers* ; et je dois dire, en ce qui me concerne, que c'est ainsi que j'ai compris ma liaison avec Jouvet et sa troupe, à laquelle j'ai toujours été fidèle. Et lui est comme moi. Si je n'ai pas écrit pour lui les dizaines de pièces que ma profession de foi semble exiger et qu'il m'aurait demandées dans une autre époque, je peux dire que nous les avons à peu près toutes ébauchées, que bien rares sont les semaines où, à l'ombre de la pièce en cours, trop longtemps en cours, nous n'ayons pas découvert et discuté un sujet nouveau, et que je ne suis pas loin, en tout cas, de lui avoir donné les cent titres.

Et maintenant, que le rideau tombe sur les acteurs et se relève sur les visions.

Car il est une autre troupe qui escorte en tout lieu l'auteur dramatique, ce n'est plus celle de ses comédiens, c'est celle de ses hantises. Troupe irréelle mais dont les individus, au lieu d'être ces brouillards qui ne prennent forme qu'à la vue de certains acteurs, sont étonnamment précis et luisants dès leur naissance dans l'esprit. Dans un déjeuner amical qui réunissait avant la guerre quelques camarades du théâtre, Jules Romains, Lenormand, Zimmer, Vildrac, nous parlions un jour de ces compagnons insistants et permanents dont on ne se libère pas en les emprisonnant dans une pièce, qui récusent, eux, tout acteur, et se dérobent dès qu'on les invite à cesser d'être une suggestion et à devenir un personnage. Chacun de nous avait le sien, ou les siens. Ils étaient de nature vraiment bien différente, et ne pouvaient vraiment se confondre avec les génies de l'inspiration. Je sais bien d'ailleurs que chacun de nos camarades se gardait de trahir la figure qui était sa vraie confidente secrète, et ne nous livrait que les comparses. Pour celui-ci, Cocteau en l'espèce, ce compagnon constant, cette obsession, était un intendant militaire en retraite, qu'il appelait le colonel Clapier, qui n'a jamais pu prendre place dans aucune de ses pièces, mais qui intervenait sans arrêt dans leur préparation, qu'il s'agît d'*Antigone* ou des *Chevaliers de la Table Ronde*. Pour celui-là, c'était Iris, messagère du ciel, qui à chaque instant réclamait de lui une phrase ou un couplet, et à laquelle d'ailleurs il a depuis réservé une entrée dans une comédie satirique.

Pour ce troisième, un muet, qui mimait, pour le compte de personnages futurs, des parts de rôles non écrits encore. Pour ce quatrième, un oiseau, auquel il faisait, en dehors du texte des pièces, un texte à part qu'il compte d'ailleurs publier sous le titre de *Monologue de l'Oiseau*. Et je ne crois pas qu'aucun d'eux inventât au feu de la conversation et pour primer son camarade ses différents personnages. Il n'y avait là rien que d'habituel. L'imagination comporte couramment de tels familiers, parfois plus étranges encore. Qu'est-ce que l'imagination classique, sinon le fait d'avoir pour confidents mentaux, au lieu des fantômes modernes, la nymphe et le Minotaure. Toujours est-il que notre conversation donnait cette leçon précise : bien rares sont les auteurs de théâtre qui n'entretiennent pas, dégagé de l'inspiration mais rebelle à toute délégation vivante, un per-

sonnage muet qui est son philo-
sophe, sa vestale et son bouffon.
De ces Niebelungen, de ces ter-
mites de mon travail, je vous présenterai aujourd'hui ceux avec
lesquels je suis le plus intime, et
qui sont d'ailleurs les plus simples.

Le premier est un attaché de
cabinet de ministre. Est-ce la suggestion d'une administration qui a
bien voulu me compter trente années parmi ses serviteurs, est-ce
l'appât d'un travesti moderne pour
une forme un peu périmée d'iro-
nie, est-ce l'attendrissement pour
ce personnage adolescent et ingénu
qui débute dans la vie auprès des
vieillards les plus roués et des situa-
tions les plus terribles, il est bien
rare, dans les jours de travail où
rien ne semble pourtant l'inviter,
que l'attaché de cabinet de minis-

tre ne m'apparaisse pas, et ne me réclame pas quelques instants de vie. En jaquette, un seul gant jaune à la main, ses cheveux lissés à la brillantine, les yeux bleus doublés par les verres de ses lunettes, sa cravate de soie piquée d'une épingle d'or dont le motif est un caniche sautant dans un cerceau, accoudé gauchement mais non sans quelque pose à une cheminée empire dont le feu lui brûle le derrière, il suit respectueusement le combat que j'ai engagé avec les Troyens, les Ondins ou l'Europe, se risquant, d'ailleurs sans aucune vergogne, devant Hélène ou Judith elles-mêmes, à hasarder un avis et à prononcer, parfois en vers alexandrins, une opinion que je me garde de joindre, même en marge, au texte définitif. J'ai cru un jour me

débarrasser de sa présence, mais
je dois dire tout de suite que c'est
en vain, en m'attaquant directement à lui, et en écrivant ce por-
trait.

*La scène représente le salon d'attente du Président du Conseil. Un ancien Président, qui a régi pendant dix ans la France et l'Europe, attend dans un fauteuil. L'attaché de cabinet entre, et vient vers lui.*

### L'ATTACHÉ

Monsieur le Président, le Président vous prie de l'excuser quelques minutes. Il est avec le Président... Monsieur le Président, je bénis le hasard qui m'apporte ce que jamais je n'aurais osé souhaiter, cette minute de tête-à-tête avec vous... Je vous admire, Monsieur le Président... Je vous admire comme celui qui connaît le mieux le monde, la France et le cœur des hommes... Ne vous défendez pas, Monsieur le Président, l'univers le sait... Et je m'étais toujours promis, si j'entrais dans la carrière politique, de vous voir d'abord, par n'importe quel moyen de vous voir... C'est un rendez-vous que j'ai avec vous aujourd'hui, Monsieur le Président, un rendez-vous que je me suis fixé depuis des années, et par une chance inexplicable, je l'ai le jour même de mon début. Car c'est aujourd'hui seulement que le Président m'a pris à son cabinet. J'arrive, je débute, et la première mission qui m'échoit ce jour-là n'est pas de donner ses subsides à un journaliste ni d'éconduire la folle qui vient chaque matin donner ses conseils au Président, mais de vous recevoir, de vous voir... Ah Monsieur le Président, n'est-il pas possible, quand un grand homme rencontre ainsi, dans une minute de calme, un débutant plein d'ardeur, de loyauté, de générosité, et peut-être de dons — si je parle ainsi de moi, Monsieur le Président, c'est pour vous prouver du moins ma sincérité — qu'il lui transmette par je ne sais quelle confidence, quel mot de passe, quelle apposition des mains — ne m'interrompez pas, Monsieur le Président, ce serait pour toujours — un peu de sa sagesse. Quel est le secret de la politique, Monsieur le Président ! Quel est le secret de la sagesse ! Car je persiste à croire qu'elles ne sont que la face d'une même vocation... A Bourganeuf, quand je faisais mes études...

### LE PRÉSIDENT

Ah, vous êtes de Bourganeuf ? Alors vous connaissez Briguet ?

### L'ATTACHÉ

Oui, Monsieur le Président.

### LE PRÉSIDENT

Comment est-il en ce moment, Briguet ?

### L'ATTACHÉ

Depuis son échec au Sénat, il pêche à la ligne, Monsieur le Président.

# VISITATIONS

### LE PRÉSIDENT

Qu'est-ce qu'il prend, de la che-
vesne, du gardon ?

### L'ATTACHÉ

Oh ! Monsieur le Président, nous
avons les meilleurs poissons de
France, de la truite, du brochet.
Excusez-moi pour ce que je vous
ai dit tout à l'heure, Monsieur le
Président. En effet, j'étais naïf.

### LE PRÉSIDENT

Il ne doit amorcer qu'à la sau-
terelle. C'était un propre. L'asti-
cot sûrement le dégoûte.

### L'ATTACHÉ

Naïf. Et indiscret. Et idiot.
J'étais idiot, Monsieur le Prési-

dent. Imaginer que le maître de la sagesse du monde allait me la donner dans une pilule, ou une hostie, parce que je le rencontrais à ma première heure, c'était idiot !

### LE PRÉSIDENT

Non, non ! J'aime beaucoup ceux qui me parlent de Briguet. Il m'a trahi un peu, mais toujours en se trahissant lui-même... Deux trahisons seulement... Un ami. Un vrai. Que veut cette femme ?

*Une dame est entrée par le fond, accoutrée de plumes d'autruche, et fait des révérences exagérées.*

### L'ATTACHÉ

Oh ! Monsieur le Président, excu-

sez-moi ! Ce doit être la folle. Elle
a passé outre les huissiers.

### LE PRÉSIDENT

Quelle folle ?

### L'ATTACHÉ

Une folle qui tous les matins
vient donner des conseils au Président. Vous ne l'avez pas connue ?
Elle vient depuis un an.

### LE PRÉSIDENT

Non. De mon temps, celle qui
venait était une femme sage. Ça
n'a pas mieux marché...

*Un huissier annonce.*

### L'HUISSIER

Monsieur le Président, le Président vous attend.

# VISITATIONS

**LE PRÉSIDENT**
*qui se lève et part, à l'Attaché.*

Je vous laisse avec la folle... Écoutez-la bien...

*L'Attaché, rouge et décontenancé, reste en face de la folle.*

LE second de ces personnages
entêtés à ne pas se dissoudre
dans mes pièces est le jardinier.
Dans ce monde où je n'ai pas de
jardin, j'ai du moins un jardinier
qui me suit en tous lieux. Ce n'est
pas que je n'aie essayé non plus de
m'en débarrasser en lui donnant
un rôle. Dans Électre, je l'ai même
élevé au rôle de fiancé imposé à
Électre par Égisthe, je l'ai habillé
de vêtements de noce, et lui ai
confié le plus long monologue qu'on
ait écrit pour le théâtre. Cela ne
l'a pas fatigué. Il est toujours là,

et plus bavard que jamais. Jeune, beau, naïf, toutes les fois où de la situation dramatique naît un mouvement trop sentimental pour les héros, il le prend aussitôt à compte, et, assis sur un silo, sa sarclette à la main, la brise courant dans ses vêtements légers, s'épanche longuement devant ses œillets d'Inde et ses navets. Tous les lamentos, les intermèdes passionnés, les couplets du cœur devant lesquels se dérobent mes vrais protagonistes, tout occupés à mener l'action au plus juste et au plus vite, et aussi par pudeur de leur tendresse, c'est lui qui se les réserve. Il a tout le temps, puisqu'il ne jouera pas. Il peut être sentimental et tout dire, puisqu'on ne l'entendra pas... Combien de monologues trouverez-vous dans mes notes de ce commentateur intarissable des événements de la vie quotidienne ou des bouleversements du monde. Combien de fois ai-je dû interrompre le colloque ou le duel de héros qui se disputaient Rome ou Paris pour permettre au jardinier de donner son avis sur le mariage, sur le mensonge, sur les sauterelles, sur le déluge ou sur la guerre. Car la guerre ne l'a jamais rendu muet, comme elle l'a fait pour nous...

*LA scène représente une pelouse avec parterre. Le jardinier pique des bégonias dans un massif. Il parle à voix haute de la guerre.*

### LE JARDINIER

La cause de la guerre, de la guerre des hommes, toutes les fleurs la connaissent : c'est que les hommes n'ont jamais trouvé l'attitude humaine. La cause de leur guerre, c'est ce mouvement, ce mouvement continuel de leur âme et de leur corps. S'ils comptent ne plus

avoir de guerre, et continuer à
s'éloigner trop loin ou à se rap-
procher trop près les uns des autres,
à s'embrasser, à se prendre la taille
au bal et au rugby, ils se trompent.
Ils n'auront plus la guerre, quand
ils consentiront à être plantés, non
mobiles, à être chacun planté à
distance de l'autre, en massif, en
quinconce, en bordure, peu importe, mais à la distance où ils ne
s'atteignent ni par le goût ni par
le toucher et où ils se reproduisent
— de plus fleuris et de plus colorés
qu'eux s'en trouvent bien — en se
regardant, en s'entendant, et en
se dépêchant leur espèce par la
poudre solaire et par le vent. Qu'on
me cite, et pourtant eux aussi ont
leur caractère, une guerre des
sapins, une guerre des cactus. Mais
vous ne verrez jamais le cactus

s'arracher le matin à sa terre, comme homme et femme le font dès l'aube, circuler au hasard toute la journée dans les parterres, embêter les autres cactus en s'asseyant sur l'un ou en se cognant à l'autre, avant de revenir à minuit s'insérer dans son trou. De là la paix des cactus, et toutes les fleurs du monde sont de mon avis, et les montagnes sont de mon avis, et le Puy-de-Dôme que vous voyez là-bas sous la lune est de mon avis. Jamais il ne va vers le Puy-de-Sancy, et les fleurs du ciel le sont, et si vous trouvez là-haut, en levant les yeux, une seule étoile qui coudoie, qui chevauche, ou qui frottoie, c'est qu'est commencée la guerre des étoiles, que va couler le sang des étoiles, et qu'on va savoir dans quelques millions

d'années, car l'odeur arrive moins
vite que la lumière, ce qu'est la
pourriture et la puanteur des étoiles. Des monarques aussi ont été
de mon avis ; à Tsarskoïé Sélo, le
tsar avait la plus belle serre de
bégonias du monde, rien n'a servi.
Ils ont même essayé de planter les
hommes sur les places de manœu-
vre, avec des costumes colorés
comme ceux des fleurs, mais ils
bougeaient, rien n'a servi. C'est
pourtant là le seul moyen, et pour
leur guerre sentimentale, ils ne
s'en dépêtreront non plus ni à Tri-
nité ni à Pâques, tant que l'homme
amoureux et la femme amoureuse
ne seront pas plantés à dix pieds
l'un de l'autre. Attendre le vent,
au lieu de bouger, attendre la sève,
au lieu de cracher, gonfler le silence,
au lieu d'éternuer, c'est là la vraie

condition ; et je sens bien que ce que tous ces bégonias qui veulent mon bien me proposent, c'est de me piquer au milieu d'eux... Pique-toi toi-même, jardinier... Le terreau est gras, le soleil ardent, le seul humain mobile nécessaire, l'arroseur est généreux. En hiver, il y aura aussi la neige. Dans toute religion, il faut l'apôtre qui commence. Entre ces gloxonias et ces sauges, la place des lychnis est préparée mais encore libre, on les plantera demain, mais, sans vouloir leur faire tort, je peux dire que tout le massif préférera un homme au lychnis, qui est la plus frivole des fleurs, légère au vent. Quelle leçon donnée à l'Europe, si c'est justement un Français, de ce peuple agité, qui décide de prendre racine et de porter, au lieu de

mots et de pensées, des bourgeons
et des feuilles... Au centre même
du massif, où les lychnis d'ailleurs
feraient un peu menu, où il appor-
tera ce que les fleurs sont les premières à reconnaître aux hommes,
le volume et la secrète carnation,
et quelle récompense pour ce nouvel arbre si la fille qui hier l'a
abandonné, un jour repentante à
son retour le découvre, cueille de
lui son premier fruit, assoiffée le
dévore, et combien sa joie sera-
t-elle plus vive de le trouver debout
plutôt qu'étendu dans la terre...

Ce petit monologue vous montre
son caractère. Il est têtu, raison-
neur. Il discute même les thèses
établies comme vous le montrera
la courte scène suivante.

# VISITATIONS

*Le théâtre représente un jardin.
Le jardinier est assis près du fils
de la maison, qui déplie avec colère
un journal où il est dit que chaque
Français est responsable du désastre.*

## LE JARDINIER

Tu as raison. Ne cède pas. Fais
comme moi. Ne t'en va pas battre
ta coulpe dans cette catastrophe.
Cet aveu de faute qu'ils nous récla-
ment, refuse-le, comme moi. Laisse-
le aux responsables. C'est maintenant au contraire que je vois
lumineusement que moi je n'ai
pas péché, que je ne suis pour rien
dans ce désastre. Moi j'ai aimé mes
outils, mes fleurs, mon almanach,
comme ils devaient l'être. J'ai
caressé mes pelouses à leurs âmes

sensibles, j'ai sondé mes massifs à leurs points douloureux. Toi non plus, on le voit, tu n'as pas péché. Tu as joué enfant dans la campagne et les buissons, pris des nids, volé des pommes — sans pécher, comme moi. Tu as chéri ton bon instituteur, tu as tendu des ficelles à l'entrée de l'école pour faire choir le mauvais — sans pécher, comme moi. Tu as eu une auto ; tu as été de Châteauroux à Valençay, d'Issoudun à Limoges, par des descentes qui t'enfonçaient dans les aisselles et le ventre de la France, par des montées si raides qu'à leur sommet tout autre qu'un Français se fût détaché d'elle, en suivant ta convoitise bonne ou trompeuse, ta distraction juste ou injuste — sans pécher, comme moi. Tu as menti, paressé, tra-

vaillé, aimé, péché par omission,
péché par désir, péché par dégoût,
comme tous les humains que Dieu
suit et pardonne — sans pécher.
Tu verras. Tout ira bien. Ils sont
des milliers comme nous sur lesquels le repentir même aujour-
d'hui n'a pas à prendre, l'espoir
s'avive.

Et nous arrivons ainsi au dernier de mes compagnons, à l'Archange. C'est un vrai archange. Il a l'âge de l'attaché de ministre et du jardinier, mais il est d'un grade nettement supérieur, il est archange. Pourquoi, du jour où je devins écrivain dramatique, j'ai vu s'installer autour de moi ce familier autoritaire, fulgurant, avec son front implacable et son porte-voix, qui n'avait jamais fait au romancier l'honneur d'une visite ? J'en connais du moins une raison. Dans mon enfance, je passais mes sorties de pension dans une famille de cousins nombreux et nous nous amusions chaque mois à jouer sur des tréteaux, le dimanche, une pièce dont un cousin âgé, qui était capucin, dirigeait les répétitions. C'était des pièces, classiques ou non, qu'il choisissait dans le répertoire facile des saints, des personnages bibliques, ou des héroïnes ou des héros nationaux. C'était dans notre évolution théâtrale l'heureuse époque des pièces dites *Miracles*. Mais le temps nous manquait pour apprendre à jouer une pièce entière, et mon cousin le capucin se lamentait d'avoir à tronçonner *Esther*, *Jeanne d'Arc*, ou *Godefroy de Bouillon*. Pour donner à la représentation son unité et son sens, quand l'acte ou l'action ne s'expliquait pas de soi-

même, il avait pris le parti de
monter sur la petite estrade et de
faire avec un grand talent d'abbé
une annonce, indiquant au public
de nos camarades et de leurs sœurs
la configuration présente des peu-
ples d'Occident ou le degré exact
à Jérusalem de la colère céleste.
On l'écoutait mal, jusqu'au jour
où, dans son exposé de l'ascen-
dance et de la descendance de Sa-
lomon, il fut obligé de se fâcher,
de crier à tue-tête les noms de ces
rois d'Israël morts dans les sup-
plices et qui terminent actuelle-
ment leur mission dans les grilles
des mots croisés. Nous pensions
qu'il allait revenir dans les coulisses vexé et furieux : pas du tout,
il rayonnait, il avait trouvé. Il
avait trouvé que ce n'était pas
un capucin, créature pacifique et

dans l'espèce pleine de toutes les
intelligences et de toutes les com-
plaisances, auquel il convenait de
confier cette tâche de régisseur
divin, mais au régisseur du spectacle divin même, à cet être céleste
auquel sur les places du Moyen Age
on confiait le rôle de héraut et de
récitant, à l'archange. Il choisit
celui d'entre nous qui avait le plus
grand talent et désormais nous
eûmes un archange pour donner
les dates, indiquer le paysage, apo-
stropher celui des auditeurs qui
suçait des pastilles et ne respectait
pas le spectacle, et résumer en
deux phrases la situation, de la
naissance du monde au lever du
rideau. Si j'en excepte *L'anglais
tel qu'on le parle*, et *La Cagnotte*,
chacun de nos spectacles fut pré-
cédé désormais par son appari-

tion : « Ce n'est pas clair ? L'archange expliquera ! » disait le capucin. « C'est trop court ? Ajoutez l'archange ! » On ne comprend vraiment pas pourquoi Abraham reperdit sa femme : « L'archange le sait, l'archange le dira ». De sorte que dès mes premiers essais dramatiques, quand mes personnages me semblaient un peu timides, quand l'exposition était imprécise, je me disais : ajoute l'archange, et qu'en fait, je prenais son ton, son tonus et sa trompette pour donner de l'autorité à des héros bégayants. Pour moi, il se trouve simplement que le chœur antique n'est pas à l'intérieur de la pièce, mais en dehors, à l'intérieur de moi et à mon usage personnel. Je dois dire d'ailleurs que tout récemment l'archange a franchi la ligne qui le maintenait dans les limbes. M'étant attaqué cet hiver à un sujet quelque peu rude, puisqu'il est la fin du monde, l'anéantissement de Sodome et de Gomorrhe, je n'ai vu que l'archange qui pût, dès le lever du rideau, créer la vraie acoustique et donner le vrai diapason.

L E *rideau se lève et l'archange des archanges apparaît au jardinier.*

### LE JARDINIER

Voici le plus beau lever de rideau qu'auront jamais spectateurs : il se lève et eux voient l'archange des archanges.

### L'ARCHANGE

Qu'ils en profitent vite. Ce ne sera pas long. Et le spectacle qui va suivre risque d'être affreux.

# VISITATIONS

### LE JARDINIER
Je sais. Les prophètes l'annoncent. C'est la fin du monde.

### L'ARCHANGE
C'est une des fins du monde. La plus déplorable.

### LE JARDINIER
Ils disent que Sodome et Gomorrhe et leur domination jusqu'aux Indes et l'empire sur l'univers de leur commerce et de leur génie vont s'effondrer.

### L'ARCHANGE
Ce n'est pas là le pire. Et ce n'est pas l'intérêt de l'histoire. D'autres empires se sont effondrés. Et aussi à l'improviste. Nous avons tous vu des empires s'effondrer, et les plus solides. Et les plus habiles à croître et les plus justi-

fiés à durer. Et ceux qui ornaient
cette terre et ses créatures. Au
zénith de l'invention et du talent,
de l'illustration de la vie et de
l'exploitation du monde, alors que
l'armée est belle et neuve, les caves
pleines, les théâtres sonnants, et
que dans les teintureries on découvre la pourpre, ou le blanc pur,
et dans les mines le diamant, et
dans les cellules le vrai atome, et
que de l'air on fait des sympho-
nies, des mers de la santé, et que
mille systèmes ont été trouvés
pour protéger les piétons contre
les voitures, et les remèdes au
froid et à la nuit et à la laideur,
alors que toutes les alliances pro-
tègent contre la guerre, toutes les
assurances et poisons contre la
maladie des vignes et les insectes,
alors que le grêlon qui tombe est

prévu par les lois et annulé, soudain en quelques heures un mal attaque ce corps sain entre les sains, heureux entre les bienheureux. C'est le mal des empires. Il est mortel. Alors tout l'or est là, entassé dans les banques, mais le sou et le liard eux-mêmes se vident de leur force. Tous les bœufs et vaches et moutons sont là, mais c'est la famine. Si c'est l'été, l'ombre brûle. Si c'est l'hiver, la pierre éclate. Tout se rue sur l'empire, de la chenille à l'ennemi héréditaire et aux hypothèques de Dieu, le mal surgit là même d'où il était délogé pour toujours, le loup au centre de la ville, le pou sur le crâne du milliardaire. L'archange mon collègue qui fait tourner les crèmes et les sauces dans la cuisine des empires est entré, et c'est fini. Il est là, et les fleuves tournent, les armées tournent, le sang et l'or tournent, et dans la tourmente, l'inondation et la guerre des guerres, il ne subsiste plus que la faillite, la honte, un visage d'enfant crispé de famine, et la mort.

### LE JARDINIER

Mais ils disent que si l'on peut trouver un juste dans Sodome...

### L'ARCHANGE

Bavardage ! Il s'agit bien de justice et de juste !... Le juste ou le bouc émissaire, c'est très bien quand la création de Dieu n'est pas compromise et il admet cette monnaie. Que toute la goinfrerie du monde soit protégée par un notable qui vit de haricots, son ordure par un cœur qui ne salit pas, son mensonge par un muet, c'est une tolérance de Dieu que les hommes exploitent sournoisement et proclament droit et convention. Et en effet un juste suffit pour relier par les haricots et les yeux clairs l'innocence de l'aube à l'innocence du couchant. Et les fins du monde jusqu'ici ont été des raclées sévères ou des bains de siège sérieux, mais elles étaient distribuées sans ressentiment véritable. Ce soir, si de tous les limiers du Ciel aux pistes dans Sodome, aucun n'a trouvé ce qu'il cherche, c'est le châtiment dans son feu et sa mort, c'est la haine de Dieu. Tu ne comprends pas ?

### LE JARDINIER

Non. Je ne comprends pas pourquoi Dieu me haïrait.

# VISITATIONS

### L'ARCHANGE
Tu es marié ?

### LE JARDINIER
Non. Comme mes frères.

### L'ARCHANGE
Pourquoi ?

### LE JARDINIER
Nous aimons bien être seuls.

### L'ARCHANGE
Tu es fiancé ? Tu te promènes avec les filles ?

### LE JARDINIER
Non. J'aime bien me promener seul.

### L'ARCHANGE
Alors Dieu te hait.

# VISITATIONS

### LE JARDINIER

Je ne comprends pas. Il est tant de villes plus coupables que les nôtres. On dit le mensonge de Tyr, la luxure de Sidon. Nous n'avons poussé aucun péché au rouge, aucun mal au symbole.

### L'ARCHANGE

Écoute.

### LE JARDINIER

J'entends. Ce sont des chants.

### L'ARCHANGE

Qu'est-ce qu'ils ont ces chants ?

### LE JARDINIER

Du côté nord, des voix d'hommes ! Au sud, des voix de femmes !

# VISITATIONS

### L'ARCHANGE

Aucun duo ?

### LE JARDINIER

A quoi bon, un duo ?

### L'ARCHANGE

Dans Sodome et Gomorrhe, l'offense du mal, l'infamie du mal vient de ce que chaque sexe le fait pour son propre compte. Jusqu'ici, dans leurs méfaits ou leur ignominie, hommes et femmes respectaient du moins la seule base que Dieu ait glissée sous leur vie, celle de leur union, celle du couple. C'est en jumeaux du moins qu'ils ont valu jusqu'ici au ciel ses soucis. Tout ce qui lui déplaît, mensonge, paresse, gourmandise des sens, c'est à deux qu'ils l'ont inventé. L'assassinat, le blasphème, le vol ont été des trouvailles de jumeaux. Et tous les grands noms des crimes de l'humanité contre Dieu, de la pomme au déluge, sont les annales du couple. Mais le premier enfant aussi, et la lignée des hommes. Et Dieu sévissait contre eux durement, mais jamais mortellement, car ce jumelage et cette ligue contre lui-même étaient aussi une fidélité et une promesse. Comprends-tu, maintenant ?

### LE JARDINIER

Il y a encore des couples dans Sodome.

### L'ARCHANGE

Tu me diras tout à l'heure lesquels. De là-haut la vue est insoutenable de cette femme au sud et

de cet homme au nord, distrait
de l'autre chaque jour davantage.
Toute la dot du couple, défauts
ou vertus, homme et femme se les
partagent avidement comme des
bijoux ou des meubles à la veille
du divorce. Cette nature indivise,
ces admirations et ces dégoûts indivis, jusqu'à ces animaux indivis,
ils se les répartissent. Plaisirs,
souvenirs, objets prennent un
sexe, et il n'y a plus de plaisirs
communs, de mémoire commune,
de fleurs communes. Le mal a
un sexe. Cela vaut la fin du
monde...

## LE JARDINIER

Il y a encore un couple dans
Sodome. S'il faut aujourd'hui
un couple à Dieu, comme il lui
fallait autrefois un juste, il reste

# VISITATIONS

Jean et Lia, il reste Dalila et Samson.

### L'ARCHANGE

Je sais... Je sais... En tout cas, c'est votre seule chance. Tous les chasseurs du ciel sont rentrés le carnier vide, à part celui qui les épie. Il tarde, ce n'est pas bon signe. Samson et Dalila voyagent, reviendront-ils à temps, mais pour Jean et Lia, tes maîtres, je les ai épiés moi aussi. Et tout ce qui de l'éternité s'intéresse à l'homme éphémère les épie. Rien n'avait trahi encore le mal jusqu'à ce matin. Ils se parlaient en souriant, ils se beurraient mutuellement leur tartine, ils ont dormi, enlacé leurs bras. Dans le bureau de Jean, un oiseau et des roses. Dans la chambre de Lia, un chien et des gardénias. La création est encore indivise entre eux... Mais déjà on dirait que chacun sécrète sa propre lumière, c'est mauvais, c'est que chacun sécrète sa propre vérité. Chacun s'irrite contre soi-même, c'est mauvais, c'est qu'il va s'irriter contre l'autre. Si c'est, chez elle, qu'elle porte un enfant, si c'est, chez lui, qu'il est pris par son métier et imagine, tous les péchés du monde peuvent encore attendre. Mais si c'est que chacun est pris par la peste de Sodome, par la conscience de son sexe, Dieu lui-même n'y pourra rien... Espérons encore ! Toi, jardinier, aide-nous à ce que rien autour d'eux ne les tire l'un hors de l'autre. Place sous la laitue leur tortue commune, sous l'arbuste leur rainette commune, et pour ce qui me concerne le soleil et la lune et la terre vont travailler de toutes les forces des aimants et des gravitations à ne pas se dédoubler sur leurs têtes ou sous leurs pieds...

### LE JARDINIER

Ils sont bons, généreux. Ne pourrait-on leur dire que leur entente évitera tant de ruine et tant de mort ?

### L'ARCHANGE

Non. L'exigence de Dieu est suprême. Il n'exige pas un couple qui se sacrifie, il exige un couple qui soit heureux...

### LE JARDINIER

Le sacrifice peut lui redonner le bonheur...

# VISITATIONS

### L'ARCHANGE

Le sacrifice, c'est vraiment trop commode, c'est la dernière solution de Dieu. Dieu ne parvient que par sa pitié à distinguer le sacrifice du suicide. Non. Il faut au contraire que rien n'arrive aux oreilles de Jean et de Lia des rumeurs de la ville et de ce qui pèse sur eux. C'est dans l'intimité et au milieu des choses sûres, des objets et des repas quotidiens que doit se dérouler le débat du dernier couple. Voilà, tout est prêt, qu'ils entrent. Le merle familier est à sa place dans l'allée. De la cuisine l'odeur du sarment nous arrive. Et que, pour le moment, sur le pourtour du domaine une zone de terre bouillante empêche aucun des messagers de malheur ou de pitié de parvenir. Tous les hublots du ciel et l'œil du jardinier, c'est plus que suffisant pour voir la fin du monde.

*L'archange s'efface. Le jardinier s'éloigne.*

Deux lois règlent, si j'ose parler ainsi, le statut éternel de l'auteur dramatique.

La première consacre la triste et quelque peu ridicule situation de l'auteur vis-à-vis de ceux de ses personnages qu'il a réalisés et donnés au théâtre. Autant le personnage encore sans rôle est docile avec lui, familier, lui appartient, vous venez d'en juger par les miens, autant une fois passé au public il devient étranger et indifférent. Le premier acteur qui le joue figure le premier degré d'une série de réincarnations par lesquelles il s'éloigne de plus en plus de son auteur et se dérobe à lui pour jamais. C'est d'ailleurs vrai de la pièce dans son ensemble. A partir de la première représentation, elle est aux acteurs, et l'auteur qui rôde dans les coulisses est une espèce de revenant détesté des machinistes s'il écoute ou est indiscret ; à partir de la centième, surtout si elle est bonne, elle est au public. L'auteur dramatique ne possède vraiment en propre que ses mauvaises pièces. L'indépendance de ceux de ses personnages qui ont réussi est totale, la vie qu'ils mènent en province, en Amérique, est un déni constant de leurs obligations filiales, et alors que le héros de vos romans vous suit partout en vous appelant père ou papa, celui d'entre eux que vous rencontrez par hasard, comme cela m'est arrivé, à Carcassonne ou à Los Angeles, vous est devenu totalement étranger. C'est beaucoup pour les punir de cette indépendance, que Gœthe, que Claudel, que tant d'autres refaisaient une version nouvelle pour leurs héroïnes préférées : en vain. La nouvelle Marguerite, la nouvelle Hélène, ou la nouvelle Violaine, n'étaient pas moins promptes à les abandonner. J'ai assisté à une représentation de *L'Annonce faite à Marie* avec Claudel. Ce jour-là cette *indication* a joué du moins en ma faveur : la pièce, ai-je remarqué, était infiniment plus à moi qu'à lui.

Combien d'auteurs sont obligés de rechercher sur une actrice ou un acteur la mémoire ou le reflet de la fille et du fils évadés, comme d'autres parents, dans une vie plus quotidienne, le font sur une bru et sur un gendre... A la terrasse du Weber, dans le vestibule des générales, sur la pelouse de la maison de campagne d'une actrice célèbre, combien avons-nous rencontré ainsi de ces couples : Feydeau et Cassive, Jules Renard et Suzanne Desprès, Réjane et Maurice Donnay, la femme légèrement distraite, l'homme aux écoutes et aux souvenirs, et bavard, et interrogateur : il parlait de l'absente.

La seconde loi, corollaire et inverse, consacre la merveilleuse situation de l'auteur dramatique vis-à-vis de son époque et de ses événements, et lui indique son rôle. Et me voici bien obligé, si je veux être vrai, de dégager mes confrères et moi-même de toute fausse modestie. Ce récitant, qui dans la pièce n'est qu'une voix, sans personnalité, sans responsabilité, implacable, mais historien et vengeur, il existe dans l'époque en chair et en os ; il est l'auteur dramatique lui-même. Pour tous les écrivains de théâtre dignes de ce nom, il faut pouvoir dire, quand ils paraissent : Ajoutez l'archange ! Il est vain de croire qu'une année ou un siècle puisse trouver la résonance et l'élévation qui conviennent, en fin de compte, à ce débat et cet effort pathétiques qu'est chaque période de notre passage sur terre, s'il n'y a pas là un porte-voix de la tragédie ou du drame pour en situer l'altitude et en sonder l'assise et la voûte. Tragédie et drame sont la confession que

cette armée du salut et de la per-
dition qu'est l'humanité se doit
de faire aussi en public, sans réti-
cence et à son plus haut timbre,
car l'écho de sa voix est plus dis-
tinct et plus réel que sa voix elle-
même. Ne nous y trompons pas.
Le rapport entre le théâtre et la
solennité religieuse est évident, et
ce n'est pas par hasard que devant
nos cathédrales on jouait autrefois à toutes les occasions. Le théâtre est à sa meilleure place sur le
parvis. C'est à cela que va le public,
les soirs de gala au théâtre, vers la
confession illuminée de ses desti-
nées naines et géantes. Calderon,
c'est l'humanité confessant son
goût de l'éternité, Corneille sa di-
gnité, Racine sa faiblesse, Shake-
speare son goût de la vie, Claudel
son état de péché et de salut,

# VISITATIONS

Gœthe son humanité, Kleist sa fulgurance. Les époques ne sont en règle avec elles-mêmes que si dans ces confessionnaux radieux que sont les théâtres ou les arènes, la foule vient, et autant que possible dans sa toilette de confession la plus éclatante, pour en augmenter la solennité, écouter ses propres aveux de lâcheté et de sacrifice, de haine et de passion. Et si elle crie aussi : Ajoutez le prophète ! Car il n'est de théâtre que de divination. Non pas de cette divination factice qui donne des noms et des dates, mais de la vraie, de celle qui révèle aux hommes ces surprenantes vérités : que les vivants doivent vivre, que les vivants doivent mourir, que l'automne succède à l'été, le printemps à l'hiver, qu'il y a les quatre éléments, le

# VISITATIONS

bonheur, les milliards de catastro-
phes, que la vie est une réalité,
qu'elle est un songe, que l'homme
vit de paix, que l'homme vit de
sang, bref ce qu'ils ne sauront
jamais. Tel est le théâtre, le rap-
pel public de ces prodiges incroya-
bles dont les visions agiteront et
bouleverseront la nuit des spectateurs, mais dont l'aube, sans doute
— ma confiance s'en réjouit —
pour rendre quotidienne la mission
de l'auteur, aura déjà dilué en eux
la leçon et le souvenir. Telle est la
représentation du drame, la conscience subite dans le spectateur
de l'état permanent de cette humanité vivante et indifférente : la passion et la mort.

# TABLE

ACHEVÉ D'IMPRIMER SUR LES
PRESSES DE L'IMPRIMERIE
DARANTIERE A DIJON, LE
VINGT-QUATRE AVRIL M.CM.LII

Dépôt légal 2e trimestre 1952
Numéro d'édition 756